AF497989

DIALOGVE

D'VN

TVRC, ET

D'VN

FRANÇOIS,

SVR

LA STATVE ROYALE

DE HENRY LE GRAND,

mise sur le Pont neuf.

A LYON,

Par CLAVDE CAYNE, prins
sur la copie imprimée à Paris.

M. DCXIV.

AVEC PERMISSION.

ODE DIALOGIQVE.

Le Turc.

SI mon audace ne te fasche,
Ie te prie fay que ie sçache
Quelle statuë est celle-là:
Son apparence Majesteuse
Porte mon ame curieuse
A t'importuner de cela.

Le François.

Es-tu sans veuë & sans ouye?
Ou bien as-tu toute ta vie
Demeuré soubs le flot chenu,
Que tu ne cognoisses, ignare,
Le pourtraict d'vn Prince si rare,
Que toute la terre a cognu?

A 2   Le

Le Turc.

„ *Pour si braues que soient les Princes,*
„ *On ne les cognoist aux Prouinces*
„ *Ausquelles leurs grandeurs ne vont:*
„ *Ou si d eux on a cognoissance,*
„ *C'est par le loz de leur puissance,*
„ *Et non par l'aspect de leur front.*

Mais puis que tu dis que la gloire
De cetuy cy rend tres-notoire
Son nom par les hommes diuers;
C'est donc ce grand Henry quatriesme,
De qui le Royal Diadesme
Estoit digne de l'vniuers.

Car ie ne pense point qu'autre homme,
De tous ceux que plus on renomme,
Pour la prudence & le pouuoir;
Fust-ce le vainqueur de Pompée,
Ou le fils d'Almene trompée,

Merite

Merite mieux vn tel deuoir.
Le François.

Ta pensée n'est pas deceuë
En la raison qu'elle a conceuë
De ce Monarque Imperieux:
Mais puis que tu sçais son audace,
Regarde quelle estoit sa face,
Où logeoient les deux plus grãds Dieux.

Au front estoit celuy des armes,
Et sur les yeux celuy des charmes,
Des amitiez, & des accords:
Celuy-là du doux de ses flammes
Luy faisoit captiuer les ames,
Et l'autre dominer les corps.

Voy sa bouche bien agencée,
Par où le Dieu du Caducée
Nous prodiguoit son meilleur bien,
Et par où Pitho la faconde

           Mon

Monstroit ses merueilles au monde,
Pour rendre auctorisé le sien.

Aussi quand sa voix animée,
Vouloit animer vne armée,
Ou donner quelque bon conseil,
Elle passoit le graue stile
De Tyrtée, & du Roy de Pile,
Qui iusqu'à lors feust sans pareil.

Voy quelle estoit sa main ncrueuse,
Son nez, sa barbe respecteuse,
Et son bras jadis mon support:
Mais n'aye point solicitude
Si celuy-là te semble rude,
Car le sien estoit bien plus fort.

Aussi personne ne se vante
D'auoir senty sa main pesante,
Sans estre cheu sanglant à bas:

Les

Les plaines & les cimetieres
Tesmoignent en mille manieres
De quelle force estoit son bras.

Regarde apres son diuin geste,
Son aspect seuere & modeste,
Son semblant fier & gracieux;
Et de quelle sçauante adresse
Il moderoit la hardiesse
D'vn cheual trop audacieux.

Voy comme il portoit sa cuirace,
Son escharpe, sa coutelace,
Ses cuissots, brassards, & plastron,
Et que sa façon estoit belle
A se tenir ferme en la selle,
Et à porter bien l'esperon.

Or tu peux faire coniecture,
Considerant ceste figure,

Quel

Quel debuoit estre son vray corps ;
Et si la vertu sans seconde,
Qui le fait estimer au monde,
A trouué d'assez larges bords.

Le Turc.

Ha! que tu es heureuse, ô France!
D'auoir esté soubs la puissance
D'vn Monarque si glorieux:
Mais beaucoup plus heureuse encore
D'auoir esclos sa belle Aurore,
Et luy tes honneurs precieux.

[guste,

Mais bons Dieux quel maintien Au-
Quel front, quel corps, quel bras robuste,
Et quelle apparence voila:
Le Soleil n'a pas veu personne
Depuis que sa clarté rayonne,
Si parfaicte que celle là.

I'estime qu'en l'effort des armes

Il faiſoit des meilleurs genſd'armes,
Et des plus courageux ſoldats :
Ce que fait par les montagnettes
Vn grand lyon des brebiettes,
Lors que le paſteur n'y eſt pas.

Le François

De vray ſa valeur eſtoit grande,
Voire telle qu'aucune bande
N'a point contre luy combattu,
Sans accumuler d'auantage
De victoires à ſon courage,
Et de gloires à ſa vertu.

C'eſt peu que des faicts d'Orchomene,
De Cannes, & de Thraſimene,
Au prix de ſes exploicts guerriers ;
Et s'il te plaiſt d'en voir les marques,
Paſſe à Iury, Dijon, & Arques,
Où ſes honneurs ſont ſinguliers.

Le Turc.

C'eſt donc à bon droict que mon Prince
Eſtoit venu deffaict & mince,
Lors de la vie de Roy:
„ Car touſiours la peur effroyable
„ Qu'on a d'vn voiſin redoutable
„ Fait viure en langoureux eſmoy.

Mais, ô ma Royale excellence!
Ceux qui t'auoient dit la vaillance
De ce Monarque redoubté,
Ne t'auoient pas dit ſa ſageſſe,
Son humanité, ſa nobleſſe,
Son ſçauoir, ſa pieté.

Ie m'aſſeure que ſi ton ame
(Que ie ſçay franche de tout blâme)
Euſt apprins tout ce qu'il eſtoit,
Elle n'auroint peint ton viſage,
Ny violenté ton courage

Du

Du soucy qui la molestoit.

Ains que comme en vsa Darie
Au fondateur d'Alexandrie
Le voyant plein de bonne foy ;
Tu aurois dit , ô Ciel propice,
S'il faut que mon sceptre finisse,
Fay que ce soit pour ce grand Roy.

Ha! pleust aux Dieux que par la guerre
Il eust conquise nostre terre,
Et nos matins bas estendus,
Nous aurions la grace attenduë
Au lieu qu'ast'eure elle est perduë,
Parce qu'il ne nous a perdus.

O Parque ; sa mort importune
Nous priue de ceste fortune:
Mais quoy ? c'est par tes cruautez:
Car si tu n'eusses prins son ame,

Son

Son amour euſt porté ſa lame
A perdre nos meſchancetez.

France tu n'es pas de la ſorte:
Car de ceſt Heros la main forte
T'a couuerte de mille biens:
La perte t'auoit attrapee,
Si te perdant ſoubs ſon eſpee
Il n'euſt dißipé tes liens.

Le François.

Il eſtoit außi raiſonnable
Qu'il luy feuſt enfant profitable,
Auſſi bien que iuſte Seigneur.

Le Turc.

,, Mais lors qu'vn Prince debonnaire
,, Eſpand ſa vertu ſalutaire,
,, Il eterniſe ſon honneur.

Ce que Licurgue feiſt d'vtile,
A d'autres qu'à ceux de ſa ville,

Leur

13

Leur causa de souuerains biens:
Et les conquestes d'Alexandre
Ont immortalisé la cendre
Des hommes Macedoniens.

Le François.

Tu n'as pas bien prins ma parole,
Car mon ame n'est pas si folle
De penser à ce que tu crois:
Mon amy, ce n'est pas en France
Qu'on voit à regret la puissance,
Et la prosperité des Roys.

Il n'est François dont l'ame bonne
N'assubjetist à leur Couronne,
S'il le pouuoit tout l'Vniuers;
Et qui ne souffrist volontaire,
Si ses tourments le pouuoyent faire,
Cent & cent mille maux diuers.

Leurs maisons sont noz tabernacles,
Leurs

Leurs discours noz sacrez oracles,
Leurs volontez noz soings plus doux;
Et comme enfant du Dieu supréme
Nous les seruons plus que nous-mesme,
Et les aymons plus que nous tous.

Et i'espere qu'à l'aduantage
De son fils, qui regne en cest aage,
Nous monstrerons tost contre tous,
Que nostre vigueur est esprise
Du desir de voir qu'il maistrise
Tout le monde aussi bien que nous.

Le Turc.

Encor' donc les Dieux venerables
Ne nous sont du tout implacables,
Puis qu'ils ont adopté son fils.

Le François.

De luy la France autant espere
Qu'elle a iamais fait de son pere,
Pour le bien de ses fleurs de Lys.

Le

Le Turc.

Puiſſe-til, haſtant ſes conqueſtes,
Changer le Turban de nos teſtes
En vn chapeau long & rongné.
Et voir de l'Inde iuſqu'au Tage
Fleſchir aux pieds de ſon Image
Tout le monde affectionné.

I. PETIT
de Beziers.